AF364030

VENTE
u Mardi 19 Avril 1904

HOTEL DROUOT, SALLE N° 11

à trois heures et demie

TABLEAUX
MODERNES

AQUARELLES — PASTELS — DESSINS

COMMISSAIRE-PRISEUR

Mᵉ Georges BONNAUD

23, Rue Le Peletier, 23

EXPERT

M. L. MOLINE

20, Rue Laffitte

NOUVELLE
IMPRIMERIE
Edouard LASNIER
DIRECTEUR
37, Rue St LAZARE
PARIS
Téléphone 259-74

CATALOGUE

DE

TABLEAUX

PAR

BESNARD, BONVIN, BOUDIN, GUSTAVE COLIN, E. CARRIÈRE,
FRANÇAIS, HELLEU, LEBOURG, LE SIDANER,
JUANA ROMANI, SISLEY, TROUILLEBERT, VAN-GOGH,
VOLLON, WILLETTE, ZIEM, ETC.

ET

Aquarelles, Pastels, Dessins, etc.

PAR

BOUDIN, CAZIN, LA GANDARA, HARPIGNIES, HERVIER,
RAFFAELLI, ROPS, WILLETTE, ETC.

DONT LA VENTE AURA LIEU

HOTEL DROUOT, SALLE N° 11
Le Mardi 19 Avril 1904

à 3 heures et demie

COMMISSAIRE-PRISEUR	EXPERT
M. Georges BONNAUD	**M. L. MOLINE**
23, Rue Le Peletier, 23	20, Rue Laffitte

EXPOSITION PUBLIQUE
Le Lundi 18 Avril 1904, de 2 heures à 6 heures

CONDITIONS DE LA VENTE

Elle sera faite au comptant.

Les acquéreurs payeront dix pour cent en sus des enchères.

Paris — Nouv Impr. Ed. Lasnier, d^r 37, rue Saint-Lazare

DÉSIGNATION

PEINTURES

BESNARD

1 — La Joueuse de mandoline.

BOISLECOMTE (DE)

2 — Intérieur de ferme basque.

BOISLECOMTE (DE)

3 — Pâturage dans un parc.

BOISLECOMTE (DE)

4 — Brelan de Hussards.

BONVIN

5 — Panier de fraises.

BOUDIN

6 — Pleine mer.
> Toile. Haut. : 0^m46. Larg. : 0^m65.

CARRIÈRE (Eugène)

7 — Tête d'homme.
> Etude pour le tableau : Théâtre de Bel-
> leville.

CARRIÈRE (Eugène)

8 — Les lutteurs.

COLIN Gustave)

9 — Course de taureaux à Saint-Sébastien.
> Toile. Haut. : 0^m64. Larg. : 0^m80.

DESTOUCHE

10 — Tartuffe.

FRANÇAIS

11 — Le Printemps.

FRANÇAIS

12 — Lisière de bois.

GUILLOUX (Ch.)

13 — Le Trocadéro.

GUILLOUX (Ch.)

14 — La Frette.

HELLEU

15 — Sur la jetée.

HUMBERT (Ferdinand)

16 — L'enlèvement de Déjanire.

LAVIELLE

17 — Bouquet d'Arbres.

LEBOURG

18 — Matinée de Printemps.
Toile. Haut. : 0m55. Larg. : 0m46.

LE SIDANER

19 — Bruges 1900.
Toile. Haut. : 0m35. Larg. : 0m43.

MITA

20 — Paysage.

JUANA ROMANI

21 — Buste de femme.

SISLEY

22 — Ville d'Avray.
Toile. Haut. : 0m65. Larg. : 0m50.

TROUILLEBERT

23 — Bords de la Loire.

Toile. Haut.: 0^m63. Larg. : 0^m8o.

TROUILLEBERT

24 — Bords de rivière.

Toile. Haut. : 0^m36. Larg. : 0^m60.

TROUILLEBERT

25 — La Loire à Bouzy.

Toile. Haut. : 0^m27. Larg. : 0^m48.

VAN GOGH

26 — Course de taureaux à Arles.

VOLLON

27 — Pêches, poire et raisins.

Toile. Haut. : 0^m38. Larg. : 0^m46.

WILLETTE

28 — Le Chat noir.

Toile. Haut : 1ᵐ65. Larg. ; 0ᵐ90.

ZIEM

29 — Venise.

Panneau. Haut.: 0^m37. Larg.: 0^m63.

AQUARELLES

HARPIGNIES

30 — Bords de rivière.

HERVIER

31 — Environs de Saint-Germain.

PASTELS

BOUDIN

32 — Études de ciel.
(2 pastels dans le même cadre).

DESSINS

CAZIN

33 — Clair de lune.

GANDARA (LA)

34 — Femme assise sur un canapé

RAFFAELLI

35 — Bords de la Seine.

WILLETTE

36 — L'enterrement de Pierrot.

ESTAMPES ENCADRÉES

ROPS (Félicien)

37 — Rimes de joie.

ROPS (Félicien)

38 — Dans la pusta.

ROPS (Félicien)

39 — Le semeur.
(Épreuve signée).

ROPS (Félicien)

40 — Deux autres épreuves.

41 — Sous ce numéro : Objets non cata-
logués.

www.ingramcontent.com/pod-product-compliance
Lightning Source LLC
LaVergne TN
LVHW021621170726
843501LV00010B/4097